小象
想出名

•錢欣葆 著•

目次
ㄇㄨ ㄘ

Contents

小ㄒㄠ象ㄒㄤ想ㄒㄤ出ㄔㄨ名ㄇㄥ

森林裡住著一隻小象，小象不斷的長高，鼻子也愈長愈長。

　　小象很想用他長長的鼻子做一些事，好證明自己的鼻子很有用處。

有一天，小象看到山羊公公的菜園的土都乾了，於是小象自告奮勇用他的長鼻從溪裡吸了水，給山羊公公的菜園澆水。他不斷來回的吸水、澆水，忙到氣喘吁吁。

　　不料卻被山羊公公責怪，說：「你水澆太多，菜園都淹水了！」

　　小象覺得好委屈，只好生氣又傷心的離開。

接著小象看到金絲猴正在建新房，於是便興高采烈的幫他搬運木材。小象搬了一趟又一趟，累的滿頭大汗。

不料卻被金絲猴罵他做事不細心，說：「你堆放木材時，不小心壓壞我剛種的小桃樹！」

小象覺得好心沒好報，只好憤憤的離開。

小象悶悶不樂的回到家裡，跟大象媽媽說：「今天上午我幫助山羊公公給菜園澆水，下午幫金絲猴搬木材，他倆不但沒有感謝我，還責罵我，實在讓人感到委屈與生氣。」

大象媽媽問清楚事情的經過後，她說：「你樂於助人，是一件好事，但是當你想幫助別人時，也必須把事情做對做好。如果只想著幫忙，做事卻粗心大意，就是幫倒忙了。」

從此以後，小象記取教訓，幫助別人時都將事情做得又快又好，贏得大家的讚賞。森林裡的動物都喜歡他，說他是一隻聰明又能幹的小象。

智ㄓˋ慧ㄏㄨㄟˋ閃ㄕㄢˇ光ㄍㄨㄤ

能ㄋㄥˊ夠ㄍㄡˋ正ㄓㄥˋ視ㄕˋ自ㄗˋ己ㄐㄧˇ缺ㄑㄩㄝ點ㄉㄧㄢˇ與ㄩˇ不ㄅㄨˋ足ㄗㄨˊ的ㄉㄜ˙人ㄖㄣˊ，

才ㄘㄞˊ能ㄋㄥˊ不ㄅㄨˋ斷ㄉㄨㄢˋ的ㄉㄜ˙進ㄐㄧㄣˋ步ㄅㄨˋ與ㄩˇ成ㄔㄥˊ長ㄓㄤˇ。

兔ㄊㄨ子ㄗ不ㄅㄨ吃ㄔ窩ㄨㄛ邊ㄅㄧㄢ草ㄘㄠ

有一隻懶散的灰兔，每天在森林裡東晃西晃，無所事事。

　　有一天，他發現山坡上有一個洞穴，洞穴外面長了滿滿的青草。灰兔十分高興，因為這樣他就不需要為了覓食而天天煩惱。

　　於是灰兔便在這現成的洞穴中住了下來，整天在洞穴裡睡覺，餓了就吃吃洞穴外邊的青草，日子過得逍遙自在。

有一天，松鼠看見灰兔吃著洞穴旁的青草，松鼠說：「你應該要另外去找食物，怎麼一直吃著窩邊的青草呢？哪天把窩邊的草吃光了，很容易暴露行蹤，這樣是很危險的。」

灰兔瞪了松鼠一眼，說：「我當然知道！小時候媽媽經常告訴我『兔子不吃窩邊草』的道理。」

　　松鼠疑惑的說：「那你為什麼還吃窩邊草呢，這不是明知故犯嗎？」

　　灰兔振振有辭的說：「狼和狐狸經常在東邊的森林出沒，這附近沒有狼和狐狸，我還需要擔心什麼？」

松鼠說：「你千萬不可大意啊！還是到離洞穴遠一點的地方去吃草，把洞穴旁邊的草留著安全一些。」

灰兔說：「我洞穴外的草長得又高又長，十分茂密，就算吃掉一些也沒關係。走太遠實在很累人，我何必捨近而求遠呢？」

過不了多久，洞穴旁的青草就被灰兔吃掉一大半。

松鼠對灰兔說：「你洞穴旁的草愈來愈少，實在是太危險了。趕快離開這裡，另外挑選安全的地方住吧！」

灰兔說：「挖洞做窩多費力氣！再過一段時間，洞穴旁的青草就會再長長長高的。這附近只住著一些小動物，沒有狼和狐狸，實在是沒什麼好擔心的！」

有一天， 飢餓的黃鼠狼到處找不到食物， 路過山坡上時， 灰兔沒有青草遮蓋的洞穴， 很快就被黃鼠狼發現。

　　睡眼惺忪的灰兔被黃鼠狼抓住時， 心裡才懊悔沒有聽松鼠的忠告，可是一切都來不及了！

　　松鼠見灰兔被黃鼠狼拖走， 感慨的說： 「這就是懶惰、 僥倖和不聽忠告的下場！ 」

智（ㄓˋ）慧（ㄏㄨㄟˋ）閃（ㄕㄢˇ）光（ㄍㄨㄤ）

居（ㄐㄩ）安（ㄢ）思（ㄙ）危（ㄨㄟˊ）保（ㄅㄠˇ）平（ㄆㄧㄥˊ）安（ㄢ），放（ㄈㄤˋ）鬆（ㄙㄨㄥ）警（ㄐㄧㄥˇ）戒（ㄐㄧㄝˋ）可（ㄎㄜˇ）能（ㄋㄥˊ）

會（ㄏㄨㄟˋ）帶（ㄉㄞˋ）來（ㄌㄞˊ）災（ㄗㄞ）禍（ㄏㄨㄛˋ）。

駱ㄌㄨㄛˋ駝ㄊㄨㄛˊ和ㄏㄨㄛˊ金ㄐㄧㄣ錢ㄑㄧㄢˊ豹ㄅㄠˋ

金錢豹找不到食物，肚子餓得咕嚕、咕嚕一直叫。

　　他看見駱駝在前面慢吞吞的走著，心裡想：「聽說駱駝背上的兩個駝峰非常可口，如果拿下這個大傢伙，夠自己吃上許多天！」想著想著，金錢豹的口水直流。

金錢豹從來沒有跟駱駝較量過，看著駱駝高大的身體，心裡其實有些害怕。於是便躲在岩石邊小心翼翼的觀察。

　　他覺得駱駝應該不是凶猛的動物，於是膽子就漸漸大了起來。

金錢豹走到駱駝前面，故意擋住駱駝的去路。駱駝看一眼金錢豹，一語不發的繞了過去。

　　金錢豹覺得駱駝是沒有脾氣的愚蠢動物，於是便大膽對著駱駝吼叫挑釁。駱駝還是不理會金錢豹，只是加快步伐趕路。金錢豹以為駱駝害怕想逃跑，於是跟在後面緊追不放。

駱駝來到水塘邊，正要低頭喝水，金錢豹覺得機會來了，他飛快跑到駱駝旁邊，張開血盆大口，想咬駱駝的脖子。

　　突然，駱駝從嘴巴裡面吐出一團黏糊糊的東西，「噗」的一聲，噴得金錢豹整個臉。

　　噴在金錢豹臉上的東西不但又臭又黏，加上熱熱辣辣的，弄到他眼睛怎麼也睜不開。

金錢豹自言自語的說：「沒想到看上去無能、愚蠢的傢伙，竟然還有這麼厲害的祕密武器。我好處沒有得到，反被噴了一臉怪怪的東西，真倒楣！」

　　駱駝對金錢豹說：「剛見面就看出你居心叵測，對你的挑釁我一再忍讓，沒有想到你得寸進尺，還竟敢動殺心。告訴你吧，從胃中噴出黏糊東西是我們駱駝專門對付壞蛋的防衛武器。這東西味道怎麼樣，要不要再噴一點給你啊？」

金錢豹怕被駱駝再噴黏糊的東西，於是狼狽的逃跑了。

智慧閃光

切莫把善良看成愚蠢，切莫把忍讓看成懦弱！

烏ㄨ鴉ㄧㄚ的ㄉㄜ預ㄩ言ㄧㄢ

森林裡有一隻烏鴉躲在樹上，整天窺探別人的舉動。

　　烏鴉說自己是個預言家，能預言即將發生的事情。

烏鴉看到小熊送貓熊醫生出門時在擦眼淚，因此推測久病在床的老熊一定危在旦夕。於是烏鴉大聲對鄰居們說：「老熊病入膏肓，快要死了！」

　　當天晚上，老熊真的死了。

　　烏鴉的鄰居想起白天烏鴉說過的話，覺得他還真的有預言的本領。

烏鴉觀察到喜鵲窩中有三隻還不會飛的小喜鵲，他們在等待媽媽餵食的時候，常常爭先恐後在窩邊擠來擠去，很是危險。

　　於是烏鴉大聲對鄰居們說：「喜鵲家將有不幸發生！」

某一天，三隻小喜鵲看見媽媽叼著好吃的東西飛回來，急忙張開嘴，伸長脖子擠向窩邊。前面的小喜鵲被後面的喜鵲一擠，一不小心，就掉到樹下了。

　　樹下飢餓的黃鼠狼看見還不會飛的小喜鵲，一躍而上，把牠吞進了肚子。

　　喜鵲一家果然發生了不幸，鄰居們覺得烏鴉的預言真的很準。

經過這兩次事件，大家開始有些恐懼。有的動物把烏鴉當做神鳥，恭恭敬敬向他求教逢凶化吉的方法。

　　有的動物離他遠遠的，深怕烏鴉突然會說自己家裡將發生什麼不幸並且應驗。

有一天，突然電閃雷鳴，風雨大作。一道強烈閃電擊中烏鴉居住的大樹，烏鴉就這麼被雷電擊死了。

松鼠說：「烏鴉死了，今後就沒有誰能預測未來的事，也沒有誰能教我們逢凶化吉的方法了啊！」

金絲猴說：「烏鴉每天預測這預測那，偶然猜中幾次也不足為奇。如果他真的能夠預測即將發生的事，那麼應該能預測自己的危險，逃離被雷電擊中的命運！」

聽了金絲猴的話，大夥恍然大悟。如果烏鴉連自己的命運都預測不了，哪裡還能夠預測別人的命運呢！

智慧閃光

凡事都應思考分析，切勿迷信盲從。

小猴的壞習慣

森林裡有一隻活潑又聰明能幹的小猴，無論是游泳、爬樹、翻筋斗或是採野果，通通難不倒他。但是急躁的小猴有一個很不好的習慣，當別人與他交談的時候，從來都不肯認真聽清楚，而且很喜歡隨意打斷別人的話。

有一天，小猴蹦蹦跳跳走向小溪，準備去洗澡。小熊知道了以後，趕忙攔住小猴說：「現在千萬不能去小溪洗澡，最近……」

　　不等小熊把話說完，小猴不耐煩的打斷小熊的話，滿不在乎的說：「我知道最近常常下大雨，小溪中的水流得比較快，我不怕！」剛剛說完話，小猴就撲通的躍入小溪。

小猴只顧著在水裡游來游去，完全不理會小熊說的話。

　　小熊著急的勸說：「溪裡面太危險了，趕快上岸！最近……」

　　小猴一邊划水，一邊說：「你不用擔心，我游泳技術超強，這一點小小水流，難不倒我。」

此時有一隻鱷魚一直躲在溪水的石頭縫中，悄悄的等候獵物。

　　他看見小猴在小溪中洗澡玩水，完全沒有防備，早就悄悄游了過去。

岸上的小熊看見情況危急，對著小猴大喊：「鱷魚來了，快上岸啊……」

　　小猴一回頭，看見鱷魚正張著血盆大口向他撲過來，急忙向岸上逃跑。

　　鱷魚一口咬住小猴的尾巴，情況相當危急。小熊急忙搬起一塊大石頭向鱷魚頭上扔過去。鱷魚被石頭砸得眼冒金星，慌忙放下小猴，狼狽逃竄。

小猴拖著受傷的尾巴，埋怨的說：「為什麼你不早一點告訴我最近有鱷魚出沒，害我差點兒被鱷魚吃掉。現在尾巴被鱷魚咬傷，這都是你的錯！」

　　小熊說：「我好幾次都要把最近有鱷魚出沒的事情告訴你，但你總是經常打斷別人說話，也不好好聽完別人所說的話，一點都不尊重別人。所以現在受傷了，也只能怪你自己！」

智慧閃光

有些壞習慣表面上看來無關緊要，但有時候可能會帶來意想不到的危害。

螃蟹和鯰魚
ㄆㄤ ㄒㄧㄝ ㄏㄜ ㄋㄧㄢ ㄩ

鯰魚向水草邊的螃蟹游過去，關心的問：「近來可好啊？你什麼時候要脫殼呢？」

　　螃蟹看了一眼長著兩根長鬍鬚的鯰魚，說：「我很好呀！你為什麼關心我脫殼的事情呢？」

鯰魚說：「你有堅硬的殼，還有兩隻有力的大鉗子，誰都不敢惹你。一旦你脫殼後，渾身軟綿綿的沒有任何防禦能力，所以一定要小心啊！」

　　螃蟹說：「你說得對，安全第一。我一定要找個隱蔽、安全的地方脫殼，等外殼長硬了再出來。」

鯰魚說：「你身後的水草長得很茂密，在裡面脫殼很隱蔽也很安全。」

　　螃蟹想了想，說：「這裡確實不錯，明天我就在裡面脫殼。」

第二天，鯰魚刻意來到水草邊，大聲說：「螃蟹，螃蟹，你在裡面嗎？」

　　躲藏在水草中的螃蟹故意壓低聲音，說：「我剛剛脫殼，身體軟弱無力，我要休息一會兒。」

　　鯰魚聽到螃蟹已經脫殼後，突然凶相畢露，冷笑一聲後說：「你這個愚笨的螃蟹，我是假裝關心你，其實是想吃了你啊！軟殼蟹是我最最喜歡的美食，你就到我肚子裡去休息吧！」

螃蟹故意裝出害怕的聲音，說：
「求求你，不要傷害我。」

　　鯰魚尾巴用力一擺，張著大嘴衝
進了水草中。

　　殊不知螃蟹早已經躲在水草中，
揮舞著兩隻有力的大鉗臂等著鯰魚。

鯰魚的一根鬍鬚被螃蟹夾斷了，疼得哇哇大叫。

鯰魚邊逃邊說：「該死的螃蟹，原來你根本沒有脫殼，我被騙了！」

螃蟹對著狼狽逃竄的鯰魚，大聲說：「你的過分關心，讓我提高警覺。所以我假裝脫殼，是為了給你一個教訓！」

智慧閃光

關心你的人並非都是真心真意，
居心叵測者往往也以關心為名！

小ㄒㄧㄠˇ羚ㄌㄧㄥˊ羊ㄧㄤˊ的ㄉㄜ˙疑ㄧˊ問ㄨㄣˋ

每天早晨，羚羊爸爸都會帶著小羚羊在草原上練習奔跑。

　　某一天，飛奔了兩大圈後，羚羊爸爸跟小羚羊停在溪邊休息喝水。

小羚羊問爸爸：「我每天認真練習奔跑，半年後有可能比小獵豹跑得更快嗎？」

羚羊爸爸搖搖頭，說：「不可能，因為獵豹天生就是奔跑的高手，而且小獵豹也是每天在練習奔跑。」

小羚羊又問：「如果我每天練習奔跑的時間比獵豹練習的時間還長的話，一年後應該能跑得比小獵豹更快吧？」

　　羚羊爸爸搖搖頭，說：「不可能，因為獵豹的身體條件好，四肢有力，更適合快速奔跑，加上努力的練習，一年後一定跑得更快了！」

小羚羊想了想，問羚羊爸爸說：「如果一直跑不過獵豹，早晚都有可能會被獵豹捕食，我現在每天辛苦練習奔跑還有什麼意義呢？」

羚羊爸爸看著小羚羊，嚴肅的說：「雖然獵豹與獅子也跑得很快，卻無法持久，因此我們才能在競爭激烈的大草原上生存下來。」

羚羊爸爸接著說：「所以在一大群奔跑的羚羊當中，跑在最後面的羚羊就會被獵豹捕食。我希望你每天認真練習奔跑，就是希望你比別的羚羊跑得更快，永遠不要落在最後面，成為獵豹口中的食物！」

智慧閃光

現實生活中的競爭是很殘酷的，優勝劣汰，適者生存。

不ㄅㄨ織ㄓ網ㄨㄤ的ㄉㄜ跳ㄊㄠ蛛ㄓㄨ

有一隻灰蜘蛛在屋簷下吐絲織網，忙碌了好幾天，終於把蜘蛛網織好了。

某一天，有隻蒼蠅不小心朝蜘蛛網飛過去，被黏在網子上，怎麼也掙脫不了。

　　灰蜘蛛等待了許久，終於有食物可以享用，高高興興的爬上前去，津津有味的享受著自己辛苦捕捉的獵物。

灰蜘蛛瞧了一眼身旁的跳蛛，看他一直靜靜的待在樹幹上，什麼也沒做。

　　所以灰蜘蛛以教訓的口吻對跳蛛說：「吐絲織網是我們蜘蛛的謀生技能，雖然你是跳蛛，應該也可以吐出長長的絲，為什麼你卻不織網捕捉獵物呢？」

跳蛛二話不說，「嗖」的一下，向前面的蒼蠅跳躍過去把他抓住了。

　　跳蛛一邊吃著獵物，一邊對灰蜘蛛說：「你看到了吧，我就是用這種跳躍的方法捕捉獵物的。你的捕食方式是張網以待，我的捕食方式是主動出擊。」

灰蜘蛛說：「你如果不織網，吐的絲就毫無用處，真是可惜啊！」

跳蛛說：「因為我是跳蛛，我可以跳出的距離超出你的想像，甚至比我身長的五十倍還要長。所以吐出來的絲可是我的保險繩啊，碰到危險時，可以利用這條拉絲，滑進草叢中，避開敵人的追擊！」

灰蜘蛛聽了跳蛛的話，感嘆的說：「我原來以為只有會織網的蜘蛛才是聰明能幹的，今天聽了你的說明，才知道不織網的跳蛛同樣也是聰明能幹的。」

智ㄓˋ慧ㄏㄨㄟˋ閃ㄕㄢˇ光ㄍㄨㄤ

利ㄌㄧˋ用ㄩㄥˋ自ㄗˋ己ㄐㄧˇ的ㄉㄜ˙特ㄊㄜˋ長ㄔㄤˊ，充ㄔㄨㄥ分ㄈㄣ發ㄈㄚ揮ㄏㄨㄟ自ㄗˋ己ㄐㄧˇ的ㄉㄜ˙能ㄋㄥˊ力ㄌㄧˋ，就ㄐㄧㄡˋ能ㄋㄥˊ獲ㄏㄨㄛˋ得ㄉㄜˊ成ㄔㄥˊ功ㄍㄨㄥ。

不ㄅㄨ吃ㄔ虧ㄎㄨㄟ的ㄉㄜ棕ㄗㄨㄥ熊ㄒㄩㄥ

獼猴、棕熊跟大象是鄰居，住在同一個村子裡。村子周圍河水清澈，林木鬱鬱蔥蔥，環境十分優美。但因為四面環水，只有一座木橋與外面相通。

　　木橋其實已經年久失修，向一側傾斜，每次過橋時都會不停的晃動，相當危險。

大象對獼猴和棕熊說：「木橋已經傾斜，支撐橋梁的木頭都有腐爛的現象，可能隨時都有坍塌的危險。我建議三家齊心協力，將木橋進行一次大整修，你們看怎樣？」

　　獼猴和棕熊都表示同意，大象說：「修橋需要換上新的四根大木料，我們三家要如何分擔？」

獼猴看了一眼棕熊，說：「棕熊跟你的體型都很大，應該分擔兩根木料。我體型最小，我就負責出一根木料。」

　　棕熊不服氣的對獼猴說：「我體重確實比你重，但是這與分擔修橋木料有什麼關係呢？」

　　獼猴說：「你的身體這麼重，過橋時很容易壓壞木橋，所以應該分擔兩根木料才是。」

　　棕熊看了一眼大象，說：「如果要說體重，大象的體重更重，那麼他才應分擔二根木料才對。」

大象看了一眼獼猴，說：「修橋光有木料也不夠，還要出力修築。你的力氣最小，修橋的活幹不了多少。所以，你應該分擔兩根木料才對。」

　　獼猴、棕熊跟大象各自都有少分擔一根木料的理由，誰也不願意多分擔一些。他們爭論了許久，最後還是沒有討論出結果，修橋的事也就一拖再拖。

轉眼已經是除夕了，獼猴、棕熊跟大象各自去鎮上買東西準備回家做年夜飯。他們都急著趕路回家，所以一起走上了木橋，誰也不讓誰。

木橋因為支撐不住三個人的重量，「啪」的一聲，橋梁突然斷裂，獼猴、棕熊跟大象都掉入冰冷的河裡。

他們急忙丟掉身上買的年貨，拚命向岸上游去，狼狽不堪的爬上岸。

住在樹上的鸚鵡看著渾身溼淋淋的獼猴、棕熊和大象，說：「你們的後院都放著許多蓋房子的木料，當初如果誰願意多拿出一根來修橋，也就不會有今天斷橋落水的事情發生了。你們斤斤計較，誰都不願意吃虧，最後吃虧的還是自己啊！」

智慧閃光

凡事自私自利、斤斤計較的人，
最後會發現吃虧的還是自己。

怕ㄆㄚˋ惹ㄖㄜˇ事ㄕˋ的ㄉㄜ˙烏ㄨ鴉ㄧㄚ

黃鼠狼看到山雞從樹叢中走出來，要到小溪邊喝水，於是他便趁此機會偷偷鑽進樹叢中，從雞窩偷了兩顆蛋出來，藏在大樹後面，準備飽餐一頓。

　　黃鼠狼偷竊的過程，被躲在樹上的烏鴉全都看在眼裡。

　　烏鴉心裡想著，多一事不如少一事，反正黃鼠狼偷的是山雞的蛋，與自己無關。

山雞回到雞窩中發現蛋不見了，看見黃鼠狼在大樹後躲躲藏藏，山雞對他說：「看你鬼鬼祟祟的樣子，一定是偷了我的蛋！」

　　黃鼠狼對山雞說：「俗話說『捉賊捉贓』，你沒有證據，胡言亂語，隨便破壞我的名譽！」

山雞問樹上的烏鴉說：「我去小溪邊喝水的時候，你應該可以看到偷我蛋的竊賊。我們是鄰居，請你把剛才看到的情況如實告訴我。」

烏鴉心裡想著：如果把黃鼠狼偷蛋的經過和藏蛋的地方講出來，肯定會惹怒黃鼠狼。黃鼠狼可不是好惹的傢伙，與他結仇後一定會遭到報復。

烏鴉故意打了一個呵欠，對山雞說：「剛才我睡著了，什麼都沒有看到！」

山雞知道蛋一定是黃鼠狼偷的，但因為沒有證據，只能獨自傷心流淚。

其實黃鼠狼偷蛋的時候，知道烏鴉偷偷盯著自己瞧，但他知道烏鴉膽小怕事，所以更加膽大妄為。

有一天，烏鴉在小溪邊喝水，被飢餓的黃鼠狼抓住了。烏鴉見黃鼠狼要吃自己，急忙說：「我可從來沒有得罪過你，上次你偷山雞蛋的時候我全都看到了，但是什麼都沒有說，也沒有揭發你，你怎麼可以恩將仇報！」

　　黃鼠狼冷笑一聲，說：「嘴巴長在你身上，你當天沒有揭發，說不定哪一天又會把我偷竊的事情說出去。今天吃了你算是一舉兩得，永絕後患！」

在樹叢後抓蟲子的山雞聽到了黃鼠狼和烏鴉的談話，急忙飛奔過去，用嘴拚命的啄向黃鼠狼的臉。

　　黃鼠狼的鼻子被山雞啄得流血，他慌忙放開烏鴉，一溜煙的逃跑了。

　　山雞對烏鴉說：「我們要互相幫忙，不能怕東怕西，更要有勇氣去揭露不公不義的事！」

智慧閃光

包庇壞人等於縱容犯罪。

兒童寓言10　PG2460

小象想出名

小學生寓言故事　生活經驗篇

作者／錢欣葆
責任編輯／周政緯
圖文排版／周妤靜
封面設計／劉肇昇
內頁設計／MR.平交道
出版策劃／秀威少年
製作發行／秀威資訊科技股份有限公司
114 台北市內湖區瑞光路76巷65號1樓
電話：+886-2-2796-3638
傳真：+886-2-2796-1377
服務信箱：service@showwe.com.tw
http://www.showwe.com.tw

郵政劃撥／19563868
戶名：秀威資訊科技股份有限公司
展售門市／國家書店【松江門市】
104 台北市中山區松江路209號1樓
電話：+886-2-2518-0207
傳真：+886-2-2518-0778

網路訂購／秀威網路書店：https://store.showwe.tw
　　　　　國家網路書店：https://www.govbooks.com.tw
法律顧問／毛國樑　律師

總經銷／聯寶國際文化事業有限公司
221新北市汐止區康寧街169巷27號8樓
電話：+886-2-2695-4083
傳真：+886-2-2695-4087

出版日期／2020年8月　BOD一版　定價／260元
ISBN／978-986-98148-5-0

秀威少年
SHOWWE YOUNG

國家圖書館出版品預行編目

小學生寓言故事：小象想出名. 生活經驗篇 / 錢欣
葆著. -- 一版. -- 臺北市：秀威少年, 2020.08
　　面；　　公分. -- (兒童寓言；10)
　　BOD版
　　注音版
　　ISBN 978-986-98148-5-0(平裝)

859.6　　　　　　　　　　　　109008255